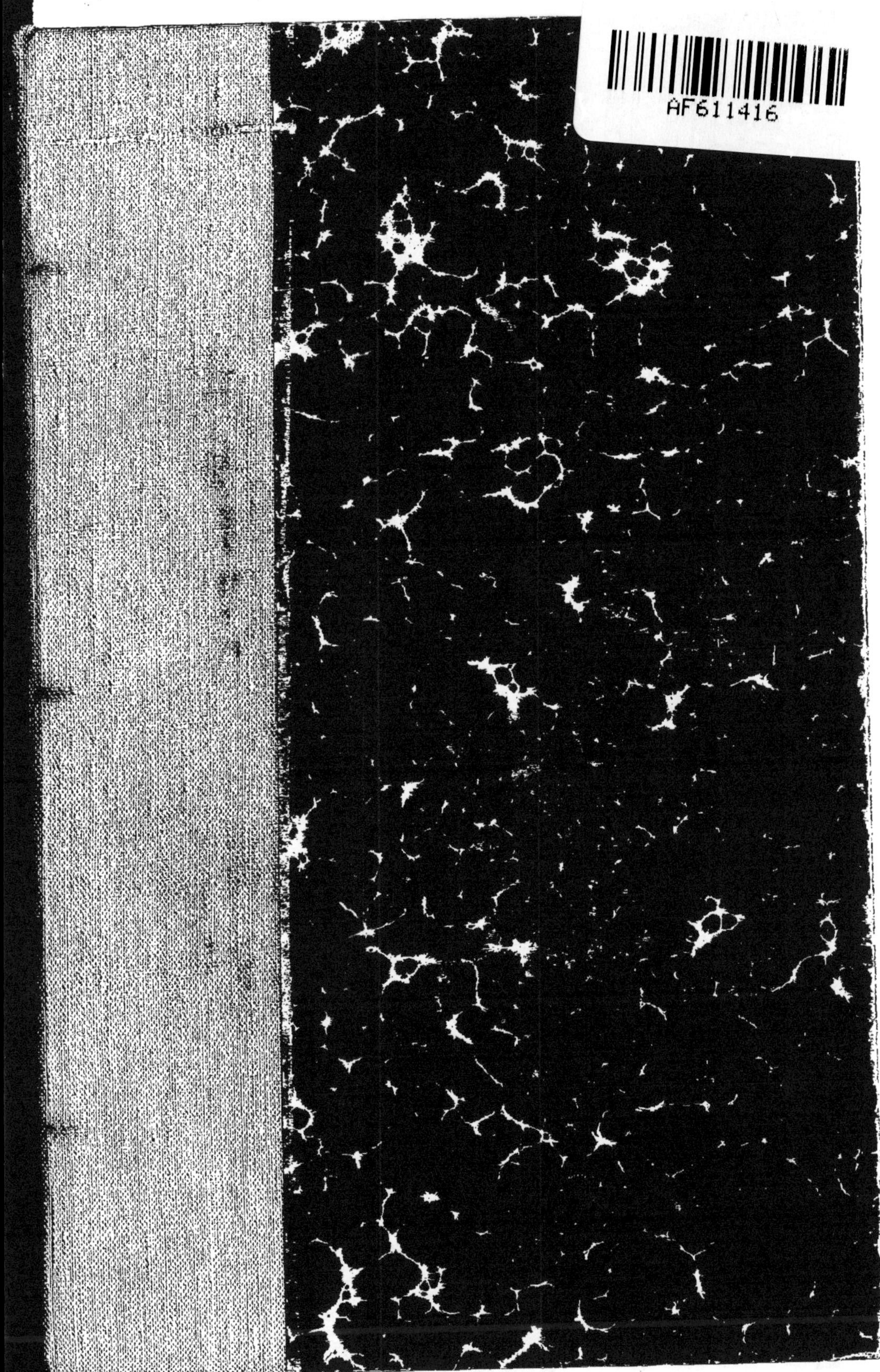
AF611416

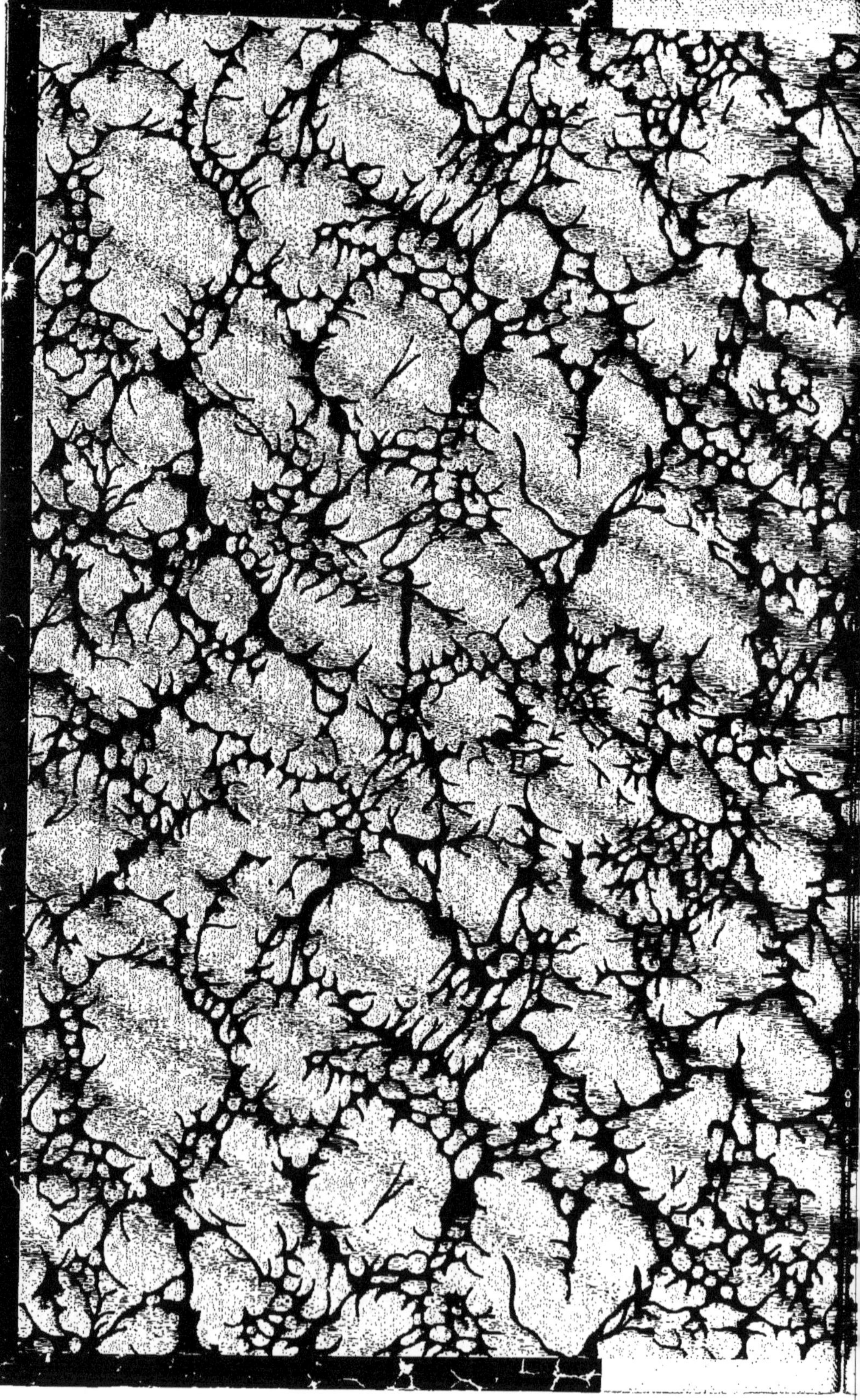

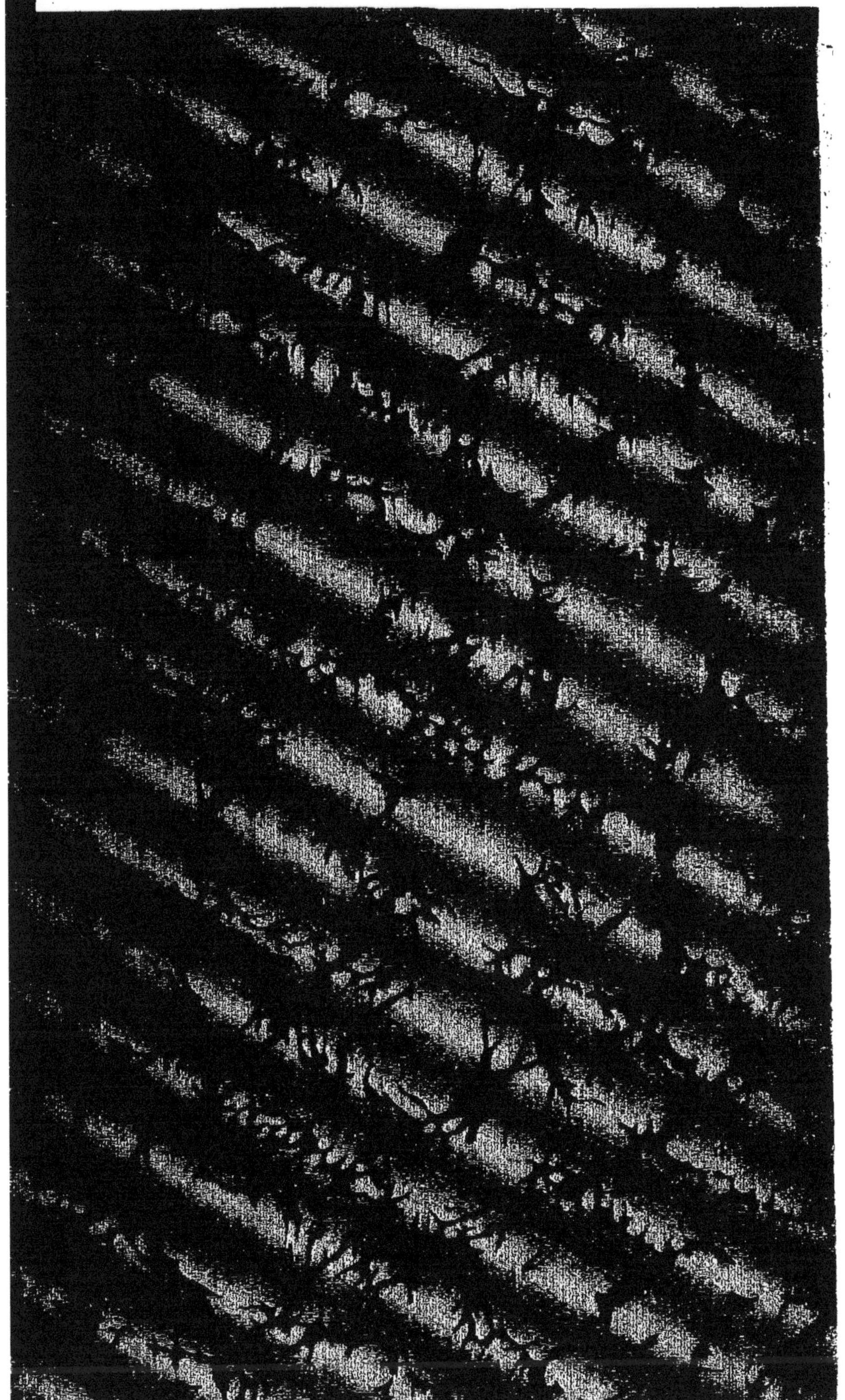

Monsieur l'Administrateur Général

J'ai l'honneur de vous adresser, pour être déposés à la Bibliothèque Nationale — deux volumes renfermant un assez grand nombre de Mémoires ou Notices de mon Père.

Cette collection, que j'ai réunie pour remplir un devoir pieux, est destinée à compléter celle que mon Père avait commencée, dès 1826, et dont les trois premiers tomes ont été offerts par lui à l'Établissement aujourd'hui placé sous votre direction.

Les cinq volumes du Recueil ainsi complétés, et à grand' peine, renferment plus d'un opuscule qu'il me serait bien difficile de retrouver : il me semble que je ne pouvais en faire un plus digne emploi.

Veuillez agréer, Monsieur l'Administrateur, l'hommage de ma haute considération

Ch. Berriat Saint-Prix

Paris, 25 mai 1848.

Substitut au Tribunal de la Seine
11, rue St Lap

Bibliothèque Nationale — Paris

Mélanges.

Recueil, tomes 4 et 5,

offerts à la Bibliothèque Nationale,

par le fils aîné de l'auteur,

Ch. Berriat-Saint-Prix

substitut au tribunal de la Seine

Paris, 5 avril 1848.

Mélanges

de jurisprudence

d'Histoire etc.

Par M. Berriat-Saint-Prix.

Tome IV.

—

Table

des opuscules

contenus dans les tomes 4 et 5

du Recueil.

Tome IV.

[Mon père n'avouait pas ces fragments, quoiqu'ils soient réellement de lui. C'est qu'ils étaient tirés d'un mémoire, très étendu, sur la Statistique de l'Isère, lequel avait, sous le voile de l'anonyme, remporté, en 1803 ou 1804, un prix proposé par la Société des Sciences de Grenoble.

35. Sur des Opuscules de M. Macieiowski. (Thémis) 1824. 8 p.

36 Supplément au récit fait par Chorier des désordres qui accompagnèrent, en 1562, l'occupation de Grenoble par les Protestants en 1838 36 p.

37 Discours sur l'Enseignement du Droit en France. 1838 (v. n° 63) 80 p.

38 Réflexions et recherches sur le Serment judiciaire. 1838 38 p. V. n° 44.

39 Observations sur les citations d'auteurs profanes et surtout d'Homère, dans les lois Romaines. 1839 31 p.

[La 1re édition de ce Mémoire avait été insérée, en 1805, dans le Magasin Encyclopédique de Millin]

40. Examen historique du tableau de Gérard, représentant l'Entrée de Henry IV à Paris 1839 80 p.

41. Histoire de l'Ancienne Université de Grenoble. 1839 60 p.

[Seconde Édition, avec des additions, de l'opuscule qui se trouve dans le tome 2, n° 13.]

Tome V.

42. Notice sur Juliut Paciur a Beriga 1840. 30 p.

43. Discours prononcé aux Obsèques de M. Mistral, homme de lettres, 1840. 24 p.

44. Observations faites sur les remarques de M. Spaccapietra, à la suite de la traduction italienne d'un Mémoire sur le serment judiciaire. 1840. 40 p. V. n° 39.

[A la suite de ce Mémoire, on trouve, p. 24, une note sur l'élection de mon Père à l'Académie des Sciences morales et politiques et les divers incidents ou critiques dont elle fut précédée et suivie]

45. Mémoire sur la durée et la suspension de la Prescription. 1841. 75 p.

46 Memoria sopra la durata e la sospensione della prescrizione etc. tradotta dai Sign. N. S. e G. V. = Bari, 1844. 100 p.

[Traduction du n° 45, par MM. Nicolas Spaccapietra, juge à la Grande Cour des trois Abruzzes etc. G. Vignali, Procureur du Roi à Aquila.]

47. Lettre de M. Benech St. Prix à M. Valette, sur l'avis de M. Benech: intitulé: Cujas et Toulouse. 1842. 15 p.
V. n°s 12 (t. 1er) et 51

48. Discours sur M. Edwards. 1842. 8 p.

49. Remarques sur l'Origine de l'Institution du Ministère public en France. 1842 12 p.

[Ce petit opuscule fait connaître, pour la première fois, la véritable origine du Ministère public ; institution due à l'Usurpateur Maxime. IVe siècle]

51. Nouvelles Observations sur l'échec essuyé par Cujas à Toulouse. 1842 15 p. V. n° 47.

50. Discours prononcé aux funérailles de M. De Gérando, 1842 8 p.

52 Observations sur Domat et ses ouvrages 1842. 12 p.

53 Recherches sur la législation et la tenue des Actes de l'Etat civil. 1842. 36 p.

34 [2e édition du n° 23 (tome III), augmentée
1° de Recherches sur les anciennes manières de signer en France ;
2° de Recherches sur les lois des maisons et françaises puisées dans les écrits de Maton.]

54 Observations sur un Vers de la Ve Satire de Boileau, lu à l'Académie française. 12 p.
38 1843

55 Lettre à un Magistrat, sur le jour a quo, en matière de prescription, 11 p.
1843

56. Rapport sur l'ouvrage de Mr Romanazzi, relatif au Tavogliere c-à-d. à l'Echiquier de la Pouille. 1844 8 p.

57 Mémoire sur la révocation des donations par survenance d'enfants 1844 21 p.

58 Sur un Statut relatif à l'exécution sur la personne des débiteurs à Toulouse, dans le moyen âge. 1843. 6 p.

59 Sur une lettre inédite de Jeanne d'Arc 1844. 8 p.

60 Coup d'œil comparatif sur les lois civiles de France et des Etats Unis, surtout relativement à la Prescription. 1844. 15 p.

61 Comparaison approximative de la criminalité en France, au XVIIe et au XIXe siècles. 1845. 15 p.

62. Note sur deux Etablissements d'utilité publique, fondés à Bergerac, par Mr Lakanal. 1845 3 p.

63. Discours prononcé à la séance publique tenue par la Faculté de Droit de Paris, le 7 août 1845, etc. V. le n° 37. 1845 · Gratis 20 p.

NOTICE

SUR

LA VIE ET LES TRAVAUX

DE

M. BERRIAT SAINT-PRIX

DOYEN DES MEMBRES RÉSIDANTS

DE LA SOCIÉTÉ ROYALE DES ANTIQUAIRES DE FRANCE

PAR

M. A. TAILLANDIER

MEMBRE RÉSIDANT DE LA MÊME SOCIÉTÉ

PARIS

IMPRIMERIE D'E. DUVERGER

RUE DE VERNEUIL, N° 4

1846

(Extrait du dix-huitième volume des Mémoires de la Société royale des Antiquaires de France.)

NOTICE

SUR

LA VIE ET LES TRAVAUX

DE

M. BERRIAT SAINT-PRIX

Parmi les pertes que la Société a essuyées depuis quelques années, il en est peu qui doivent lui être aussi sensibles que celle qu'elle a faite dans la personne de M. Berriat Saint-Prix. Ce respectable confrère était le doyen de nos membres résidants; il était animé d'un zèle qui ne s'est jamais ralenti pour les intérêts de notre compagnie; il nous a honorés par ses talents et par ses travaux; il était d'une assiduité rare à nos séances et dans les diverses commissions dont il fit partie. Aussi fut-il souvent appelé aux honneurs du bureau, et il s'en montra toujours reconnaissant en remplissant avec cette ponctuelle exactitude qui a été l'un des traits distinctifs de son caractère, les diverses fonctions qui lui furent confiées.

Jacques Berriat Saint-Prix naquit à Grenoble, le 22 septembre 1769, d'un père qui était procureur au bailliage de cette ville. Par les parents de sa mère, encore, il tenait aux fonctions judiciaires[1]; en sorte qu'on peut dire qu'il fut élevé dans la pensée de devenir un jurisconsulte. Ses goûts le portèrent en outre à la culture des lettres.

Le jeune Berriat fit ses études au collége Dauphin, principal établissement d'instruction publique à Grenoble. Il était si studieux que, bien qu'on lui défendît, à cause d'un mal d'yeux, de travailler à la lumière, il trompait la vigilance de sa mère et trouvait moyen de lire le soir à la clarté vacillante de la lune.

Après sa sortie du collége, M. Berriat étudia le droit en suivant les cours faits par Benoît Pal, avocat distingué, depuis professeur à l'École de droit et recteur de l'académie de Grenoble. En effet, les deux universités qui existaient alors dans le Dauphiné, celles d'Orange et de Valence, étaient dans un tel état d'abandon et de nullité, que les jeunes gens de Grenoble qui se destinaient à la carrière de la jurisprudence, préféraient suivre des cours volontaires professés par des jurisconsultes habiles de cette ville, à se rendre en pure perte à l'une des deux universités de la province. Néanmoins, M. Berriat dut aller prendre ses grades à Orange : il a raconté lui-même

(1) Le frère de sa mère, M. Trousset, est mort doyen des conseillers à la Cour royale de Grenoble.

d'une manière piquante sa réception comme bachelier, au mois d'octobre 1787. Le candidat descend d'abord à l'auberge, et il est conduit sur-le-champ par l'hôtelier chez le secrétaire de l'université : celui-ci le mène chez le recteur qui fixe son examen et sa thèse au surlendemain matin ; amélioration qu'il avait introduite, disait-on, sur la demande des aubergistes ; car, avant son rectorat, on recevait les candidats le jour même de leur arrivée. De l'hôtel du recteur on se rend à la maison du professeur-trésorier. Après avoir fait consigner au postulant la rétribution du baccalauréat, le professeur-trésorier lui dicte huit inscriptions sur huit registres différents et ouverts à des dates antérieures, savoir : le premier, à une date remontant à deux années ; le second, à une date remontant à vingt-un mois ; le troisième, à dix-huit mois, et ainsi de suite.

Cet usage, de sauter pardessus les inscriptions, faisait appeler *per saltum* cette manière de délivrer les grades.

Après la visite au professeur-trésorier arrive la visite au professeur des Institutes, qui était un vieillard octogénaire servant habituellement de patron ou présentateur au candidat. Le fils de ce respectable professeur remet à M. Berriat la thèse latine de droit canonique et deux arguments contre cette thèse avec leurs réfutations ou réponses, puis le texte de l'examen entier à subir. Le jour des épreuves arrivé, après force salutations, le postulant commence la lecture de la thèse et est invité à passer tout de suite à la dernière ligne. Les quatre agrégés, assistant le recteur, et trois professeurs lui font, après beaucoup de salutations, des arguments ou questions auxquels il riposte par les réponses écrites; puis on le fait sortir pour procéder à un scrutin, toujours entremêlé de salutations, et de plus accompagné d'une distribution de droits d'assistance. Au bout de quelques minutes, on l'appelle pour entendre prononcer son admission; le patron le conduit auprès du recteur, le fait mettre à genoux et lui donne à lire à haute voix le Symbole de Nicée; mais après les mots *Credo in unum Deum,* le patron lui indique du doigt la dernière ligne, *et vitam venturi sœculi*... Toute la cérémonie dura moins d'un quart d'heure, qui se réduisit sans doute à quelques minutes, si on en défalque les salutations et les formules *Rector nobilissime... Antecessores consultissimi... Candidate ornatissime* [1].

On conçoit qu'une semblable cérémonie, qui ne rappelle que trop celle du *Malade imaginaire*, ne fut qu'un jeu pour M. Berriat Saint-Prix. Nous

(1) Nous tirons ce récit, en l'abrégeant, du *Discours sur l'enseignement du droit en France avant et depuis la création des écoles actuelles*, prononcé par M. Berriat Saint-Prix le 5 novembre 1838.—Charles Perrault, dans ses Mémoires (voir ses *OEuvres choisies*, 1836, p. xvj), raconte sa réception à Orléans, en 1651, et on y trouve une certaine analogie avec ce qui se passait à Orange en 1787.

avons sous les yeux un ouvrage manuscrit, en entier de sa main, commencé, y est-il dit, le 17 septembre 1787 et fini le 30 avril 1788, qui montre que le bachelier était sans doute beaucoup plus instruit que les docteurs qui l'interrogeaient. Cet ouvrage est intitulé : *Paratitles ou Sommaires de ce qui est contenu dans chaque titre du Code et du Digeste, par le célèbre Cujas, traduites librement du latin par Jacques Berriat Saint-Prix, étudiant en droit.*

En même temps que notre confrère étudiait le droit, il s'occupait aussi des sciences naturelles et médicales, et suivait des cours où elles étaient professées à l'hôpital de la Charité, à Grenoble, dont était prieur le P. Élysée, depuis chirurgien de Louis XVIII, et où enseignait Villars, auteur de l'*Histoire des plantes du Dauphiné.*

Ainsi bien préparé à l'exercice d'une profession savante, M. Berriat en fut distrait par les grands événements qui commençaient à poindre, et dont le germe se manifesta dans sa province et en quelque sorte sous ses yeux.

On connaît la lutte qui s'était établie, en 1788, entre les parlements d'une part et la cour de l'autre. Les parlements se refusaient à enregistrer les édits bursaux au moyen desquels le gouvernement essayait de combler un déficit amené par des causes diverses. De toutes parts la réunion des états généraux était demandée. Après une insurrection violente, une assemblée nombreuse des notables de la ville de Grenoble adhéra, le 14 juin 1788, aux arrêts rendus par le parlement de cette ville, et réclama, en outre, le rétablissement des anciens états du Dauphiné. De plus, elle invita les trois ordres de toute la province à envoyer des députés à une assemblée générale qui devait se tenir à Vizille le 21 juillet suivant, et où toutes ces grandes questions devaient être encore agitées.

Ces mémorables événements, qui ont été justement considérés comme l'aurore de la révolution française, impressionnèrent vivement le jeune Berriat ; il en suivit les mouvements avec un grand intérêt, et embrassa avec chaleur les principes qui en découlèrent. En 1790, il fut l'un des députés de la garde nationale de son département à la fédération, et vint à Paris pour la première fois [1].

De retour dans sa ville natale, M. Berriat dut songer à embrasser un état. Les anciens colléges d'avocats venaient d'être supprimés, mais il prit rang parmi les *défenseurs officieux*, et commençait à exercer cette profession auprès des nouveaux tribunaux lorsqu'il fut nommé chef des bureaux du clergé et des contributions à l'administration

(1) M. Berriat Saint-Prix était resté l'un des témoins, si rares aujourd'hui, de ce grand événement. Aussi M. Couder s'adressa-t-il à lui pour avoir des renseignements dont il a fait usage pour la composition de son beau tableau représentant *la Fédération*, qui se voit au Musée historique de Versailles, et qui fut exposé au Salon de 1844. Le peintre y a représenté M. B. S.-P. en uniforme de garde national.

du district de Grenoble, puis archiviste du département de l'Isère.

Le moment était arrivé où la grande coalition européenne appelait sous les drapeaux tous les citoyens français en état de porter les armes. M. Berriat dut, lui aussi, entrer dans la carrière militaire. Les goûts que nous lui avons connus et qu'il avait contractés dès sa jeunesse, ne s'alliaient guère, sans doute, à la vie des camps; aussi chercha-t-il, tout en payant sa dette à son pays, à prendre, de cette carrière, la partie qui était le plus en rapport avec ses habitudes d'ordre et de tranquillité. Une loi du 14 octobre 1791 mettait au concours les fonctions de commissaire des guerres. M. Berriat, qui avait été nommé aide-commissaire, concourut à Grenoble, au mois de septembre 1792, pour une place de commissaire. Il fut reçu à l'unanimité des suffrages avec une note expresse portant que « il était en état dès ce moment de remplir la place. » Mais le témoignage des juges du concours ne suffisait pas; il fallait la nomination par le ministre de la guerre. M. Berriat vint à Paris au commencement de 1793 pour solliciter cette nomination : il y apprit qu'elle ne pourrait être obtenue qu'avec l'appui des députés et des hauts fonctionnaires montagnards de son département. Il ne voulut pas recourir à un pareil patronage, et dut renoncer à cette carrière. De retour à Grenoble, il fut nommé, par le choix de ses camarades, capitaine et commandant de l'une des compagnies franches, levées lors de l'invasion piémontaise en Maurienne et en Tarentaise, pendant le siége de Lyon; il fit la campagne de Savoie et s'avança jusqu'au mont Cenis; puis devint, en 1794, quartier-maître trésorier du 10e bataillon des volontaires de l'Isère.

Cette vie agitée ne tarda pas à finir, heureusement pour notre confrère : il put se livrer à des occupations beaucoup plus en harmonie avec ses goûts, lorsqu'il fut désigné par son département pour être l'un des élèves de la première et célèbre École normale ; il suivit les cours de ce grand établissement, qui n'eut qu'une existence éphémère, comme la plupart des institutions de cette époque; mais il profita beaucoup des leçons professées par des maîtres tels que Volney, Garat, Bernardin de Saint-Pierre, Laplace, etc.

Après la clôture des cours de l'Ecole normale, M. Berriat retourna à Grenoble, où il devint administrateur du district. Ce fut en 1796 qu'il fut appelé aux fonctions du professorat, qu'il a exercées avec tant de distinction pendant tout le reste de sa vie. Il fut, à cette époque, nommé professeur de législation à l'école centrale de l'Isère. Une heureuse réaction s'opérait alors dans les esprits: on n'était plus au temps où les académies étaient supprimées et où la culture des lettres rendait suspects ceux qui s'y livraient. Les écoles centrales présentaient l'avantage de réunir, sur un même point, des savants que les événements antérieurs avaient dispersés ou condamnés au silence. Cette salutaire influence se fit sentir à Grenoble, et les professeurs de l'école centrale, stimulés surtout par notre confrère, conçurent et réalisèrent le projet de reconstituer l'ancienne académie delphinale sous le titre de Lycée, nom que cette compagnie conserva jusqu'à la création de l'Université, où elle prit celui de Société des Sciences, des Lettres et des Arts.

La première publication de M. Berriat fut un *Mémoire sur la filature à froid de la soie*, qu'il avait lu à cette société le 20 septembre 1796, et qui fut inséré dans le *Magasin encyclopédique* de Millin [1]. En 1799, il lut à la même société une *Notice historique sur Pierre Liotard, botaniste à Grenoble*, et correspondant de J.-J. Rousseau : elle fut aussi insérée dans le même recueil périodique [2].

En 1800, outre son cours de législation, M. Berriat commença de professer un cours volontaire d'économie politique, dont le discours d'ouverture a été publié dans les *Mémoires d'économie politique* du conseiller d'État Rœderer [3]. Il continua ce cours gratuitement pendant trois ans.

(1) Tome IV, p. 175 et suiv.

(2) Tome XI, p. 504 et suiv.; et, en partie, dans les *Siècles littéraires* de Desessarts, et dans le nouveau *Dictionnaire historique* de Chaudon et Delandine, où il a fait aussi l'article *Alciat*.

(3) Tome I, p. 382 et suiv.

A partir de la même année 1800, et jusqu'en 1803 inclusivement, M. Berriat publia un *Annuaire statistique de l'Isère*, renfermant des dissertations et recherches particulières sur divers sujets d'histoire, d'économie publique, etc.

Notre savant confrère, livré, comme on vient de le voir, aux graves occupations du professorat, s'amusa, le croiriez-vous, à composer un roman. Cet érudit si patient, cet homme qui a passé quarante ans de sa vie à méditer sur la procédure civile et sur l'instruction criminelle, c'est-à-dire sur la partie la plus ardue de notre législation, a eu un moment où il a voulu s'abandonner aux jeux de son imagination. Sous le titre de l'*Amour et la Philosophie*, il a, en 1801, publié un véritable roman en 5 vol. in-12 [1]. Je n'ai pas besoin de dire avec quelle curiosité j'ai lu ce roman : il offre des situations intéressantes, des caractères bien tracés. Le personnage principal est un jeune homme élevé dans les principes de la philosophie stoïcienne, que l'amour conduit à refaire ses habitudes et à devenir aussi aimable qu'il était taciturne et sauvage avant que son âme fût en proie à la passion qui le domine. Autour de lui se groupent des personnages originaux; un vieux moine, grand amateur de livres, un capitaine de vaisseau muni de la dose de brusquerie que l'on donnait alors aux marins de comédie. L'héroïne est représentée sous des couleurs vraies et touchantes. Les

(1) Paris, Lavillette.

scènes se passent en Dauphiné, et on reconnaît, à la description des localités, l'exactitude que M. Berriat apportait dans tous ses ouvrages. S'il était dépouillé de quelques longueurs, on peut dire que ce roman serait d'une lecture amusante et mériterait une nouvelle édition.

Assurément M. Berriat Saint-Prix a été le premier professeur de procédure qui ait su allier le récit d'aventures romanesques à l'étude des formes judiciaires, et il est peu probable qu'il trouve des imitateurs.

En 1803, M. Berriat publia le tome Ier de son *Cours de législation*. Il contient le livre préliminaire, c'est-à-dire des notions sur le droit et les lois, une histoire du droit romain et du droit français ancien et nouveau. L'année suivante, en 1804, il fit paraître le tome II contenant un Traité des personnes[1]. Ces notions ont retrouvé en partie leur place dans des ouvrages plus étendus qu'il publia par la suite et que je rappellerai tout à l'heure.

Ces divers travaux n'empêchèrent pas notre confrère de payer sa dette à la Société des sciences de Grenoble. Il lui communiqua un *Mémoire sur les progrès de la population de la France et en particulier de la ville de Grenoble, pendant la révolution*[2]. Puis, de 1805 à 1814, dix autres mor-

(1) *Précis du cours de législation fait à l'école centrale de l'Isère*, an XI, in-8°, t. I, et an XII, t. II; Grenoble, Allier.

(2) Imprimé dans les *Annales de statistique française et étrangère* (Paris, Ballade), t. VII, p. 1 et suiv.

ceaux qui ont tous été imprimés, soit séparément, soit dans le *Magasin encyclopédique*. Les principaux de ces morceaux nous paraissent être des *Observations sur les citations des auteurs profanes, et surtout d'Homère, dans les lois romaines* [1]; des *Recherches sur la législation criminelle et de police, au temps des dauphins* [2]; un *Éloge historique de M. Mounier* [3]; un *Discours sur les jouissances des gens de lettres* [4].

Les écoles centrales furent supprimées en 1802, et les écoles de droit ne furent créées qu'en 1804. Durant cet intervalle, M. Berriat continua son cours et fit de nombreux et bons élèves. Le conseiller d'Etat Fourcroy, directeur général de l'instruction publique, étant à Grenoble, voulut en voir les établissements littéraires : il visita notamment M. Berriat Saint-Prix, et trouva les notes relatives à son cours particulier si utiles et si régulières qu'il en authentiqua le registre par sa si-

(1) Ces Observations furent publiées dans le *Magasin encyclopédique* de 1805, t. V, p. 78 et suiv. Une nouvelle édit. en parut en 1839, dans la *Revue étrangère et française de législation*, 1re série, t. VI, p. 292 et suiv. Il y en a eu un tirage à part.

(2) *Magasin encyclopédique* de 1805, t. VI, p. 241 et suiv. Réimprimées avec des augmentations, après lecture à la *Société royale des antiquaires*, et suivies d'une *Notice sur Valbonnais*, et d'une description des repas d'Humbert II, in-8, 1836; Paris, Langlois.

(3) Grenoble, Allier, 1806, in-8.

(4) Grenoble, Peyronnard, 1807, in-8.

gnature, pour faire foi en faveur des élèves qui l'avaient suivi.

Bientôt après, M. Berriat reçut la juste récompense d'un zèle si éclairé. L'école de droit de Grenoble, ayant été organisée en 1805, il fut nommé professeur de procédure civile et de législation criminelle à cette école. On sait assez quelle réputation il s'acquit dans cette chaire difficile; elle lui valut plus tard d'être appelé à l'école de Paris.

En 1808, M. Berriat Saint-Prix publia la première partie de son *Cours de procédure civile* [1]; la seconde et la troisième en 1810 [2]. Depuis, cet ouvrage, destiné surtout aux élèves, mais auquel les jurisconsultes consommés ont souvent recours, augmenté d'un *Cours de droit criminel*, a atteint sa sixième édition et a été traduit plusieurs fois en italien; le *Cours de droit criminel* a été aussi traduit en allemand.

M. Berriat Saint-Prix s'occupait exclusivement de son cours et de ses travaux littéraires au moment de la grande catastrophe de 1814. Son âme patriote fut profondément affligée de l'invasion étrangère. Il était encore en proie à ces vives émotions, lorsque les montagnes du Dauphiné retentirent du nom glorieux de l'empereur. Le 7 mars 1815, au soir, Napoléon entra dans Gre-

(1) Grenoble, Allier, in-8.

(2) Grenoble, Allier, 2 vol. in-8. La 6e édit. du *Cours* a paru en 1835. Paris, Nève, 3 vol. in-8.

noble, où il alla occuper une modeste auberge. Le lendemain, le corps académique lui fut présenté. Après avoir adressé quelques mots au doyen de la faculté de droit, Napoléon arrive à M. Berriat et lui fait cette question : « Que pensez-vous du Code de procédure? »

Le professeur, ainsi interpellé catégoriquement, n'hésite pas, tout en reconnaissant que cette législation était la plus parfaite que nous ayons eue sur cette branche du droit, à déclarer qu'elle laisse encore beaucoup à désirer. L'empereur lui demandant alors quelles en étaient les parties qui réclamaient un plus prompt changement, M. Berriat répond que c'était, suivant lui, la saisie immobilière[1] et la vente du mobilier des mineurs; et sur le désir de son illustre interrogateur, il se met à énumérer les formes qui accompagnaient les saisies immobilières, et dont beaucoup étaient tout à fait inutiles. Napoléon s'écrie aussitôt : « C'est Treilhard!... Voilà bien Treilhard!... J'avais en effet un sentiment confus que tout cela était trop minutieux, trop long, trop chargé... Je crois même avoir essayé une fois de le représenter à Treilhard; mais Treilhard avait de la ténacité, et j'étais hors d'état de lutter contre lui dans une matière à moi étrangère, et qu'il avait au contraire approfondie... Croyez-vous qu'on pût facilement

(1) Cette partie du Code de procédure a été simplifiée et améliorée par la loi du 2 juin 1841.

y remédier? » M. Berriat répond : — « Cela exigerait du temps et des méditations, parce que cette matière est étendue et difficile et se lie d'ailleurs à plusieurs points fort importants du Code civil. — « Eh bien! passons, dit l'empereur, à la vente du mobilier des mineurs. » Le professeur énonce succinctement les formalités dilatoires et coûteuses qui accompagnent cette procédure. Napoléon, après l'avoir écouté avec une profonde attention, s'écrie : « Cela est clair! voilà une chose à réformer. » Et il ajoute : « Quelles seraient vos vues sur ce point? » M. Berriat dit en peu de mots les réformes qu'il lui semblait que l'on pourrait apporter dans cette matière; et l'empereur coupe court à cet entretien en disant : « C'est bien! c'est bien! » Et il adresse la parole au doyen de la faculté des sciences, et successivement aux autres professeurs de cette faculté et de celle des lettres; puis il fait un demi-tour à droite, traverse l'ovale que forment autour de lui les divers membres du corps académique, revient au professeur de procédure, et lui dit : « Ce que vous m'avez exposé sur la vente du mobilier des mineurs m'a beaucoup frappé, et, ajoute-t-il en portant l'index à son front, j'y penserai. »

Cette curieuse conversation, dans un pareil moment, avait fait une vive impression sur M. Berriat Saint-Prix; vingt-deux ans après il s'en rappelait parfaitement les détails et en rendait compte à l'Académie des sciences morales et politiques, dans un *Mémoire sur la législation relative à la vente du mobilier des mineurs* [1].

Cet empressement qu'avaient mis les professeurs des diverses facultés de Grenoble à être présentés à l'empereur dut les rendre suspects lors de la seconde restauration. Le recteur de l'Académie, en même temps professeur à la faculté de droit, ce même M. Pal que nous avons vu être le premier maître de M. Berriat, fut révoqué; plusieurs professeurs furent inquiétés, notamment notre confrère, qui fut suspendu de ses fonctions et exilé à Montpellier. Toutefois il dut à l'intervention de quelques amis dévoués d'obtenir de passer dans une maison de campagne, auprès de Grenoble, le temps de cet exil. Sa suspension dura une année, après laquelle il remonta dans sa chaire et put continuer son utile enseignement.

En 1819, M. Royer-Collard, chef de l'instruction publique [2], appela notre confrère à Paris et lui confia l'une des deux chaires de procédure établies auprès de la faculté de droit de la capitale. M. Berriat n'était pas personnellement connu de l'homme illustre auquel les destinées de l'enseignement étaient confiées, mais il lui suffisait de savoir qu'un pareil choix était dicté par la justice, et il lui avait été indiqué par M. Chabot (de l'Al-

(1) Inséré au *Journal des avoués* (t. LIII, p. 385 et suiv.). Il y en a eu un tirage à part. Paris, Langlois, in-8, 1837.

(2) En sa qualité de président de la commission de l'instruction publique.

lier), inspecteur général des écoles de droit, qui, dans ses tournées à Grenoble, avait pu s'assurer par lui-même du mérite de notre confrère.

J'étais alors assis sur les bancs de l'école de droit, et je puis affirmer que M. Berriat remplissait toutes les conditions qui font le bon professeur : son enseignement était lucide, sa science sans pédantisme, sa ponctualité extrême, poussée même jusqu'à l'excès. Il aimait les anecdotes et parsemait ses leçons de faits curieux qui étaient destinés à soutenir l'attention des auditeurs. Son impartialité s'étendait sur tous les élèves, et il se serait fait scrupule d'affranchir quelques-uns des règles auxquelles tous étaient assujettis. Un jour, le fils d'un ministre, qui suivait son cours, lui dit que son père, le faisant travailler dans son cabinet, le priait de l'exempter des appels faits pour constater la présence des élèves. M. Berriat lui répondit : « Votre père est ministre de l'intérieur ; comme tel il est chargé des affaires de l'instruction publique [1] ; qu'il fasse un nouveau règlement supprimant ceux qui exigent des appels, et alors je ferai ce qu'il désire. » Cette stricte justice faisait également aimer et vénérer M. Berriat de ses élèves. Il avait des notes sur chacun d'eux, et pou-

(1) L'instruction publique est restée dans les attributions du ministre de l'intérieur jusqu'au 26 août 1824, époque où elle en fut séparée pour passer dans celles du ministre des affaires ecclésiastiques. Le ministère spécial de l'instruction publique n'a été créé que le 10 février 1828.

vait dire avec la plus grande exactitude à combien de leçons ils avaient assisté en une année, et constater leur plus ou moins de progrès. Je donnerai une preuve suffisante de la ponctualité qu'il mettait dans ses fonctions en disant qu'il n'a manqué, dans ses cinquante années d'exercice, que sept leçons, et encore était-ce en raison de ces deuils de famille qui ne permettent pas à un professeur de monter dans sa chaire le jour où il a perdu un de ses parents les plus proches.

Cette assiduité que M. Berriat mettait à remplir ses devoirs de professeur ne l'empêchait pas de continuer à cultiver les lettres. En 1817, il publia son ouvrage sur *Jeanne d'Arc* [1], qu'il avait composé pour un concours ouvert par une académie. La forme qu'il dut employer nuisit à la composition du livre. Ainsi le récit des faits est renfermé dans un espace de 96 pages, et l'auteur a rejeté dans des notes, qui en occupent un beaucoup plus grand nombre, non-seulement des citations et des pièces, mais encore des observations qui lui appartiennent en propre. Parmi les pièces justificatives, il en est plusieurs qui n'ont pas un trait bien direct à l'histoire de Jeanne d'Arc; mais il avait pris le parti de les insérer dans son volume pour lui donner plus de vingt feuilles et échapper à la censure qui pesait alors sur les ouvrages n'ayant pas cette étendue. Du reste, dans ses recherches

(1) Paris, Pillet, 1 vol. in-8°.

sur Jeanne d'Arc, M. Berriat s'applique surtout à relever les erreurs où l'on était tombé en ne faisant pas assez d'attention à la mobilité de la fête de Pâques par laquelle commençaient alors les années. L'itinéraire de Jeanne y est aussi tracé, mois par mois, et quelquefois jour par jour, avec une grande exactitude. En un mot, cet ouvrage sera toujours consulté avec fruit par ceux qui voudront étudier l'un des épisodes les plus dramatiques de notre histoire.

La réception de M. Berriat Saint-Prix, dans le sein de notre Société, en qualité de membre résidant, se place entre la publication de son livre sur Jeanne d'Arc et celle de son *Histoire du droit romain*. A peine installé à Paris, dans sa chaire de l'école de droit, M. Berriat, qui depuis 1807 était correspondant d'abord de l'Académie celtique et ensuite de notre Société, se présenta pour être admis en qualité de membre résidant, et il fut reçu le 9 juillet 1820, après avoir lu une dissertation sur cette question : *Cujas fut-il refusé dans la demande qu'il fit d'une chaire de professeur à Toulouse*[1], et son *Histoire de l'ancienne Université de*

(1) Cette Dissertation, d'abord insérée dans la *Thémis*, t. I., p. 297 et suiv., a été reproduite dans l'*Histoire de Cujas*, par M. B. S.-P., p. 482 et suiv. En 1842, un professeur de la faculté de droit de Toulouse, M. Benech, dans un ouvrage intitulé *Cujas et Toulouse*, a réfuté la thèse soutenue par M. B. S.-P. Celui-ci a répondu, dans la *Revue étrangère et française de législation*, année 1842, p. 329 et suiv., sa

Grenoble, qui a paru dans le tome III de nos Mémoires[1].

L'année 1821 vit la publication de l'un des principaux ouvrages de notre laborieux confrère; vous voyez que je veux parler de l'*Histoire du droit romain*, suivie de l'*Histoire de Cujas*[2].

On retrouve, dans l'*Histoire du droit romain*, toutes les qualités, mais, je dois le dire aussi, tous les défauts de M. Berriat Saint-Prix. L'érudition de notre confrère est vaste, ses recherches minutieuses; mais son style n'a pas toujours l'élégance et la précision que demandent les grandes compositions historiques. Après avoir relu cet ouvrage, je ne puis que persister dans le jugement que j'en portais, il y a vingt-quatre ans, dans un recueil périodique[3]: « La méthode que l'auteur emploie, disais-je, a l'avantage d'empêcher la confusion des matières; mais aussi elle présente l'inconvénient de détacher sans cesse l'attention du lecteur de l'objet principal. Le récit est décousu et offre, selon nous, plutôt des dissertations sur plusieurs points historiques et bibliographiques du droit

réponse avait été lue à la Société des antiquaires dans la séance du 29 mars 1842. M. Benech, à son tour, ayant publié une réplique aux observations de M. B. S.-P. (même Revue et même année, p. 673 et 839), notre confrère publia de nouvelles observations sur la même question. (Paris, Videcoq, 1842.)

(1) Page 391 et suiv.

(2) Paris, Nève, 1 vol. in-8.

(3) *Revue encyclopédique*, numéro de mars 1822.

romain qu'une véritable histoire de ce droit. » L'*Histoire du droit romain* a été traduite en italien.

On peut dire que M. Berriat Saint-Prix avait voué un véritable culte à Cujas, et il est bien vrai que ce prince des jurisconsultes français en était digne sous tous les rapports. Les moindres circonstances de sa vie ont été recueillies par notre confrère, et il s'en est occupé non-seulement dans l'ouvrage spécial qu'il lui a consacré, et qui a été traduit en italien et en allemand, mais dans d'autres dissertations qui ont trouvé place en divers recueils.

Je n'entreprendrai pas de rappeler ici, même nominativement, les nombreux travaux communiqués à notre Société par M. Berriat Saint-Prix, et qui presque tous ont été publiés dans le recueil de nos Mémoires. Je dois toutefois, outre l'*Histoire de l'ancienne Université de Grenoble*, que j'ai déjà citée, en mentionner quatre à cause de leur importance : ce sont ses *Remarques sur les anciens jeux des mystères*[1] ; son *Coup d'œil sur l'emploi de la langue latine dans les actes anciens et sur sa prohibition au quinzième siècle*[2]; son *Rapport relatif aux procès faits aux animaux*[3]; et enfin ses *Recherches sur la législation et la tenue des actes de l'état civil, depuis les anciens jusqu'à*

(1) *Mémoires de la Société*, t. V, p. 433 et suiv.
(2) *Ib.*, t. VI, p. 273 et suiv.
(3) *Ib.*, t. VIII, p. 291 et suiv.

nos jours[1]. Ce dernier mémoire surtout offre un très grand intérêt.

Cette série si nombreuse de travaux divers et d'occupations professionnelles de la plus haute importance n'empêcha pas notre confrère de préparer son édition des *Œuvres de Boileau*, qui parut de 1830 à 1834.

Cette édition, fruit d'immenses recherches, tant pour la collation des textes que pour les détails biographiques, a été le travail de prédilection de notre confrère, et l'a occupé pendant trente ans. Le tableau généalogique de la famille de Boileau, comprenant plus de cinq cents personnes, surpasse à lui seul tous les efforts qui ont été faits jusqu'ici pour éclaircir la vie non-seulement de Boileau, mais encore de tout autre grand poëte.

Des travaux si nombreux et si honorables ouvrirent à M. Berriat Saint-Prix les portes de plusieurs sociétés savantes. C'est ainsi qu'il fit partie de la Société académique des sciences de Paris, de l'Académie de Dijon, de la Société des antiquaires de Normandie, de la Société des sciences de Versailles, de la Société archéologique de Tours, etc.

M. Berriat Saint-Prix avait tous les titres possibles pour être reçu membre de l'Institut, et sa place pouvait être également marquée dans deux académies, celle des Inscriptions et Belles-Lettres et celle des Sciences morales et politiques. Ce fut

(1) *Mémoires de la Société*, t. IX, p. 245 et suiv.

à cette dernière qu'il s'attacha de préférence. Pour préparer sa candidature, il fit diverses lectures à cette Académie : il lui communiqua notamment, en 1836, un très curieux *Mémoire sur le remboursement des rentes et sur l'indemnité due aux rentiers du seizième siècle* [1], cherchant ainsi à répandre les lumières de l'histoire sur une des plus grandes questions financières de notre époque. M. Berriat fut admis dans cette Académie le 25 janvier 1840, en remplacement de M. le duc de Bassano, qui appartenait à la section de législation. Comme notre confrère ne faisait partie d'aucune coterie, sa nomination devint le sujet de quelques critiques de la part de certains journaux. Il n'y fit aucune attention, et il m'écrivait la veille de son installation : « Je dois être installé demain à midi dans un poste à l'occasion duquel des journaux ont fait du bruit. Ils ont bien de la bonté, et ils auraient pu employer plus utilement leur *valeur*. Depuis plus de quarante ans que je suis homme public, ç'a été un parti pris chez moi de ne jamais faire de réponse que par ma conduite. Le grand courage d'attaquer à coups d'épée un homme qui tient et veut continuer à tenir les bras croisés!... Ce n'est pas que les moyens de défense me fissent faute, et bien loin de là, que je n'en eusse également beaucoup pour porter le combat sur le terrain ennemi. Des amis voulaient les employer, même à leurs propres risques; je les ai conjuré de n'en rien

(1) Paris, Langlois, in-8, 1837.

faire, et je suis parvenu à obtenir leur silence. »

M. Berriat fut dignement vengé de ces injustes critiques par les applaudissements de ses élèves. En effet, dans la séance de son cours qui suivit sa nomination, au moment où, selon son usage, arrivé au milieu de l'explication, il faisait une pause de deux ou trois minutes, des applaudissements unanimes et presque frénétiques éclatèrent à trois reprises différentes. Le bon vieillard fut si touché et si surpris de ce témoignage imprévu, qu'il ne put trouver un seul mot pour remercier ses auditeurs de cette haute marque de leur satisfaction.

Notre confrère avait été puissamment secondé dans sa candidature par un membre de l'Académie, M. Lakanal, qui avait présidé autrefois aux séances de l'Ecole normale, qu'il avait contribué à faire créer par la Convention dont il était membre [1]. M. Berriat lui en conserva une vive reconnaissance, et depuis lors ils s'aimèrent et s'estimèrent mutuellement.

M. Berriat prit une part active aux travaux de l'Académie des sciences morales et politiques; il lui donna lecture d'un *Mémoire sur la durée et la suspension de la prescription* [2], de *Recherches sur le paupérisme en France au* XVIe *siècle* [3],

(1) *Rapport sur l'établissement des écoles normales*, par Lakanal, 9 brumaire an III (30 octobre 1794).

(2) Paris, Langlois, in-8, 1841.

(3) Inséré au t. IV des *Mémoires de l'Académie des sciences morales et politiques*. Tiré à part.

d'*Observations sur la législation relative aux nullités des actes de procédure* [1], d'un *Coup d'œil comparatif sur les lois civiles de la France et des États-Unis* [2], d'un *Mémoire sur la loi des Douze Tables* [3], d'une *Comparaison approximative de la criminalité en France au* XVIIe *et au* XIXe *siècle* [4]. Ce dernier travail nous rappelle que notre confrère, qui avait fait une étude si attentive du moyen-âge et des époques antérieures à la grande régénération sociale qui a caractérisé la fin du dernier siècle, était profondément convaincu que notre temps peut soutenir sans désavantage le parallèle avec toute autre partie de notre histoire. Il résumait cette pensée, qu'il a manifestée dans plusieurs de ses ouvrages, lorsqu'il terminait en ces termes l'écrit dans lequel il avait pris pour point de comparaison la France au grand siècle de Louis XIV et au temps où nous vivons : « Nous croyons avoir démontré que, d'après les divers faits énoncés dans notre travail, tout annonce que, avec beaucoup moins de jouissances et de lumières, la société française du XVIIe siècle n'offrait pas moins de penchant au crime que celle du XIXe. »

M. Berriat Saint-Prix, qui avait reçu en 1831

(1) Même volume et même tirage.

(2) Inséré dans le *Compte-rendu des séances et travaux de la même Académie*, par MM. Loiseau et Vergé.

(3) Inséré au t. V des *mémoires de l'Académie*. Tiré à part.

(4) Inséré dans la *Revue de droit français et étranger*, t. II, 1845. Tirage à part.

l'ordre de la Légion-d'Honneur, a été plusieurs fois chargé par intérim des fonctions de doyen de la faculté de droit de Paris. Ce fut en cette qualité qu'il prononça, à la séance solennelle de rentrée de cette faculté, le 5 novembre 1838, un *discours sur l'enseignement du droit en France avant et depuis la création des écoles actuelles* [1]; et le 7 août de cette année, moins de deux mois avant sa mort, un discours [2] à l'occasion de la distribution des prix, qu'il terminait en rappelant les principales améliorations apportées à notre législation civile et criminelle depuis quinze ans.

J'ai dit en commençant combien M. Berriat Saint-Prix fut toujours dévoué à nos intérêts. Une circonstance qui se rattache à sa dernière présidence mérite d'être rappelée ici. La Société décida que les volumes de ses Mémoires composant la nouvelle série seraient offerts au roi. M. Berriat sollicita une audience qui lui fut accordée d'abord pour le 3 décembre 1844, puis remise au 11 mars suivant. Sa Majesté accueillit notre vénérable président avec une extrême bonté; elle le fit asseoir et écouta avec une grande attention le discours qu'il avait préparé. Le roi, après avoir dit à M. Berriat qu'il prenait intérêt à nos travaux, ajouta que l'étude des antiquités avait quelquefois aussi occupé ses loisirs; que dans les lointains voyages de

(1) Paris, Langlois, in-8, 1838.
(2) Paris, grand in-8, 1845.

sa jeunesse il avait trouvé une inscription portant les célèbres initiales S. P. Q. R., ce qui semblait indiquer que les Romains avaient pénétré dans une partie du nord de l'Europe que l'on ne croyait pas qu'ils eussent visitée. «J'ai dessiné cette inscription, continua le roi, et je dois l'avoir encore quelque part avec les observations qu'elle m'a suggérées. » — «Eh bien! Sire, reprit M. Berriat en souriant, voilà un titre pour être reçu membre de la Société des antiquaires. »

Cette sérénité d'esprit de notre confrère, la vie plus que méthodique qu'il menait, sa forte constitution, pouvaient faire espérer que nous le conserverions longtemps encore; mais ses forces l'abandonnèrent peu à peu, et ce fut en vain qu'il chercha à lutter contre le mal qui devait le conduire au tombeau et qui remontait au mois de juin dernier. Malgré tout ce que purent lui dire ses enfants et ses collègues, il fit son service jusqu'au 30 Août, à quatre heures du soir; et, comme me l'a écrit son fils aîné, « s'il ne l'a pas continué le 31, c'est que c'était un dimanche et que l'école était fermée.»

Il était impossible de porter plus loin la religion du devoir; il y avait dans cette conscientieuse exactitude quelque chose d'antique qui disparaît chaque jour davantage de nos mœurs.

Huit jours avant sa mort, le samedi 27 septembre, M. Berriat se rendit à la séance hebdomadaire de l'Académie des sciences morales et politiques et y fit une lecture sur le *Traité des assurances* de

M. Alauzet. Ses confrères s'aperçurent qu'il était fort souffrant et qu'il avait de la peine à l'achever; le mercredi suivant il disait à son fils aîné : « Je n'ai encore manqué à aucune séance; je veux aller à celle de samedi; tu me donneras le bras; ces messieurs permettront que tu m'accompagnes jusqu'à ma place : un fils peut suivre son père partout.» Or, ce samedi, il avait cessé d'exister. Il est mort en effet le 4 octobre 1845, à trois heures du matin, âgé de soixante-seize ans et douze jours. M. Berriat conserva jusqu'à ses derniers moments cette placidité d'esprit que nous lui avons connue. L'avant-veille de sa mort, pour se distraire, il se fit lire par ses enfants *le Muet*, comédie de Brueys, et des scènes de *Turcaret*; puis il raconta une anecdote relative à Préville; il s'assoupit quelques heures après pour ne plus se réveiller. Une disposition de son testament a témoigné de sa reconnaissance envers l'Institut qui l'avait admis dans son sein. Il a voulu que celles des éditions de Boileau, qu'il possédait en grand nombre, et que la bibliothèque de ce corps savant n'aurait pas, y fussent déposées.

La science de la législation a perdu dans M. Berriat Saint-Prix l'un des jurisconsultes français qui la cultivaient avec le plus de distinction; l'École de droit, l'un de ses professeurs les plus habiles; l'Institut, l'un de ses membres les plus savants; ses amis, un homme excellent dont l'esprit, plein d'enjouement, leur offrait une conversation des plus attrayantes; notre Société, un confrère bon et vénéré, dont les communications étaient remplies d'instruction et forment l'une des parties les plus importantes de la collection de nos Mémoires.

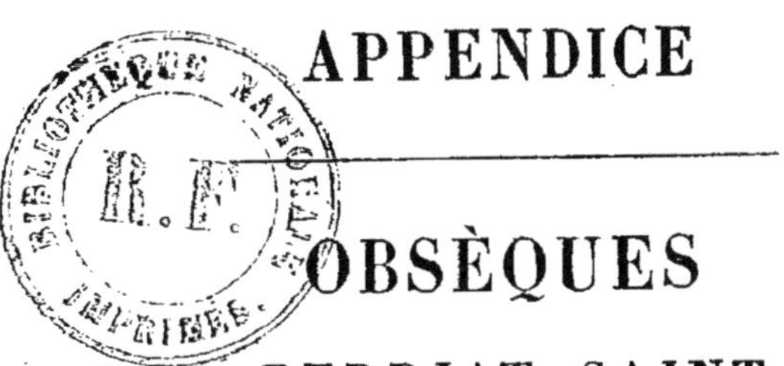

APPENDICE

OBSÈQUES DE M. BERRIAT SAINT-PRIX

5 octobre 1845.

Les obsèques de M. Berriat Saint-Prix ont été célébrées dimanche, à l'église de Saint-Étienne-du-Mont. L'époque actuelle de l'année, qui tient éloignés de Paris la plupart des professeurs de nos écoles, des membres des compagnies savantes et du barreau, expliquait l'absence de beaucoup de ceux qui, comme élèves, collègues ou amis du défunt, se seraient empressés de venir payer un tribut à sa mémoire. On remarquait tous les professeurs de la Faculté de droit actuellement à Paris, en robes et précédés de leurs huissiers, plusieurs membres de l'Institut et avocats, ces derniers ayant à leur tête M. Duvergier, bâtonnier de l'ordre, arrivé seulement la veille d'un long voyage.

Le deuil était conduit par les deux fils de M. Berriat Saint-Prix, dont l'aîné, ancien procureur du roi à Tours, est actuellement procureur du roi à Pontoise. Les coins du poêle étaient tenus par MM. Royer-Collard, professeur, Giraud, membre de l'Institut, Taillandier, membre de la Société des Antiquaires, Coin-Delisle, avocat à la Cour royale.

M. Berriat Saint-Prix avait manifesté, par son testament, le désir qu'aucun membre de l'Institut n'assistât en costume à ses obsèques, et qu'aucun discours ne fût prononcé sur sa tombe au nom de ce corps savant, se soumettant cependant, pour la Faculté de Paris, aux usages ordinaires.

Le convoi arrivé au cimetière de l'Ouest, M. Ortolan, professeur, a prononcé, au nom de la Faculté de droit, les paroles suivantes :

« Messieurs,

« J'éprouve en ce moment combien l'homme est destiné à passer, d'un jour à l'autre, de la joie à la douleur!

« Hier j'assistais à une solennité, fertile pour mon cœur[1] en douces émotions, et me voici aujourd'hui avec vous sur une tombe!

« Cette solennité, M. Berriat Saint-Prix était appelé à y figurer comme membre de l'illustre compagnie qui y présidait; la veille encore, pour ainsi dire, dans son attachement pour moi, il s'en faisait une fête... et cette tombe qui s'ouvre est la sienne!

« Qui nous eût dit, ô mes collègues! lorsqu'au mois d'août dernier nous l'avions à notre tête, distribuant les récompenses annuelles de nos concours, qui nous eût dit que ces paroles où s'alliaient d'une manière si piquante la simplicité affectueuse, la finesse spirituelle et l'expérience du temps, étaient les dernières paroles qu'il devait prononcer devant la réunion de nos élèves? Qui nous eût dit que les applaudissements répétés que lui adressait cette jeunesse si prompte à comprendre noblement et vivement toutes les choses du cœur, étaient les derniers applaudissements qui lui seraient adressés?

« M. Berriat Saint-Prix était le dernier, peut-être, des docteurs sortis des anciennes universités françaises; sa vie a été une longue suite de services rendus à l'enseignement de la législation : dans les écoles centrales, dès l'année 1796; dans les nouvelles facultés de droit, dès leur première création; enfin dans la Faculté de Paris, depuis vingt-six ans.

« Dans cette longue carrière je pourrais vous dire les travaux scientifiques de l'érudit et du professeur; les ouvrages mis au jour, les générations successives formées à la pratique des lois, les vertus publiques et privées, et ces sentiments d'un patriotisme ferme et éclairé qui ne s'est jamais démenti, que M. Berriat Saint-Prix avait puisé dans les vicissitudes de nos révolutions, accomplies toutes sous ses yeux, dans l'étude du droit et dans les principes libéraux de notre constitution.

« Mais le vœu qu'il a émis dans ses derniers moments, quoique moins impérieux pour nous, m'impose le silence.

« Hélas! il nous a été enlevé dans un temps de repos, mais aussi de séparation pour nous tous.

« Nous qui sommes ici, nous voici restés, par hasard, pour une triste et pieuse mission, presque tous les plus jeunes de la Faculté. Nous avons été jadis ses élèves, nous étions hier ses collègues, et nous sommes appelés aujourd'hui à lui rendre les derniers devoirs!

(1) Le fils de M. Ortolan avait obtenu, la veille, un prix de composition musicale à l'Institut.

« Homme de savoir, homme de bien, homme de relations dévouées et sûres à vos amis, paternelles aux jeunes gens, bienveillantes et aimables à tous!

« Nous, à la fois vos élèves et vos collègues,

« Au nom de ces autres collègues absents,

« Au nom de ces autres élèves, de cette jeunesse de notre école qui se presserait ici en foule, autour de nous, dans une douleur commune, si la mort ne vous avait frappé pendant qu'elle est dispersée au loin;

« En leur nom et au nôtre, nous faisons un éternel adieu à votre dépouille!

« Quant à votre mémoire, elle restera dans nos cœurs tant que nous vivrons, et après nous, et après ceux qui vous ont connu, dans la science que vous avez tant honorée! »

M. Taillandier, conseiller à la Cour royale de Paris, a ensuite prononcé un discours au nom de la Société des Antiquaires. (*Extrait du journal* le Droit, *du 7 octobre* 1845.)

Séance solennelle de rentrée des Facultés de droit et des sciences, et de l'École préparatoire de médecine de Grenoble.

15 novembre 1845.

M. Gautier, doyen de la Faculté de droit, a rendu compte des travaux de l'année scolaire et signalé les élèves qui s'étaient le plus distingués durant cette année; il a terminé ce compte rendu par les paroles suivantes :

« Messieurs, il y a quarante ans qu'un décret impérial, daté du quartier général de Braunau (Haute-Autriche), portant la date du 1er novembre 1805 et la signature de *Napoléon*, organisait la Faculté de droit de Grenoble, et appelait à la chaire de procédure civile et de législation criminelle l'homme éminemment studieux, le savant professeur que la ville de Grenoble rangeait avec orgueil parmi ses enfants de prédilection et dont elle déplore aujourd'hui la perte récente.

« M. Berriat Saint-Prix, homme de bien, également recommandable par ses vastes connaissances, par des travaux utiles, par de longs services rendus à l'enseignement, comptait de nombreux élèves parmi les magistrats, les membres du barreau, les fonctionnaires divers des trois départements qui composent le ressort de la Cour royale de Grenoble, et parmi ses collègues de la Faculté de droit de cette ville.

« Je suis donc en ce moment l'interprète de sentiments unanimes ; j'accomplis aussi, avec une satisfaction personnelle, un devoir universitaire, en me faisant l'écho de notre profonde estime, de nos vifs regrets. Oui, Messieurs, son souvenir nous sera cher à toujours ! et lorsque nous voudrons offrir un modèle parfait de l'ardeur pour l'étude, du courage persévérant à surmonter les difficultés de la science, de la fidélité consciencieuse dans les recherches publiées, nous dirons avec respect le nom de BERRIAT SAINT-PRIX ! »

(*Extrait du* Courrier de l'Isère, *du* 18 *novembre* 1845.)

Séance de rentrée de la Conférence des avocats à la Cour royale de Paris.

13 décembre 1845.

M. Duvergier, bâtonnier, a prononcé un discours sur l'influence que les changements survenus dans nos mœurs et nos lois avaient pu exercer sur la profession d'avocat; il a terminé ce discours par les paroles suivantes :

« Notre ordre et la science viennent de faire récemment une perte sensible. La mort de M. Berriat Saint-Prix a privé l'École de Paris de l'un de ses professeurs les plus distingués, et nous, de l'un de nos plus honorables confrères.

« Éditeur de Boileau, historien de Cujas, auteur d'ouvrages pleins de substance sur la procédure civile et l'instruction criminelle, l'un des membres les plus assidus de l'Académie des sciences morales et politiques, M. Berriat Saint-Prix avait des titres nombreux à la considération publique; son attachement à ses devoirs se manifestait par une admirable exactitude dans leur accomplissement.

« Cette vie si régulière, si simple, si laborieuse, peut être proposée comme un exemple que chacun doit s'efforcer de suivre; elle mérite le respect, elle est digne de toutes nos sympathies. »

(*Extrait du journal* le Droit, *du* 14 *décembre* 1845.)

www.ingramcontent.com/pod-product-compliance
Ingram Content Group UK Ltd.
Pitfield, Milton Keynes, MK11 3LW, UK
UKHW020349250726
13967UKWH00005B/2195

9 782011 926128